Gallimard Jeunesse Giboulées
Sous la direction de Colline Faure-Poirée
Conception graphique de Christophe Hermellin

© Gallimard Jeunesse Giboulées, 2013
ISBN : 978-2-07-065114-6 • Numéro d'édition : 248221 • Dépôt légal : avril 2013
Loi n° 49-956 du 16 juillet 1949 sur les publications destinées à la jeunesse
Imprimé en France par Pollina - L63842B

Texte de Vincent Cuvellier
Illustrations de Ronan Badel

ÉMILE
se déguise

GALLIMARD JEUNESSE GiBOULÉES

Aujourd'hui...

c'est carnaval. Tout le monde
doit se déguiser.

Tout le monde. C'est obligé, même Émile.
Même Émile qui n'a pas envie.

Pas du tout envie.
« Émile, c'est génial, carnaval, tout le monde
sera déguisé... tu n'as pas envie de te déguiser ? »

« ... Mmm »
*« En quoi tu veux te déguiser ? Tu veux remettre
ton costume de l'année dernière ? »*

Ça va pas, non ? Le costume de l'année dernière ?
Et pourquoi pas celui de l'année d'avant ? Jamais !

« Pourtant je te trouvais mignon, moi,
en prince charmant... »

« Oh, et l'année où tu avais ce costume
de tomate... c'était adorable... »

Non. Pas question. Cette année, Émile ne sera ni un prince,
ni un légume, ni un pirate, ni un cow-boy, ni Spiderman.

Émile veut bien se déguiser,
mais c'est lui qui choisit.

« Qu'est-ce que tu dis, Émile ? tu veux
te déguiser en ? En qui ? En monsieur Ferber ? »

« Tu veux te déguiser en monsieur Ferber ? »

« Mais pourquoi tu veux te déguiser en monsieur Ferber ? »

Parce que, en monsieur Ferber, c'est bien. Monsieur Ferber, il est bien habillé. Il a une belle moustache et de belles chaussures.

Il a jamais un truc de travers et
on dirait qu'il sort d'un magasin.

C'est bien de sortir d'un magasin, ça fait celui
qui s'est acheté des choses.

« *Mais... mais... c'est ridicule... tu vas pas te déguiser en ce monsieur ! On le connaît même pas.* » Si, Émile le connaît. Un jour, monsieur Ferber est entré dans le même ascenceur que lui et a dit : « *Bonjour, monsieur.* »

C'est bien, ça, de dire bonjour monsieur à Émile.
C'est très très très bien.

« Mais Émile, ça ne rime à rien de se déguiser en monsieur Ferber ! Il est habillé comme tout le monde, ce monsieur Ferber. »

Justement, c'est bien, ça. C'est bien de se déguiser en tout le monde. C'est le mieux du déguisement.

« Bon, je laisse tomber. Déguise-toi en ce monsieur Ferber
si ça te fait tellement plaisir. Mais ne viens pas
te plaindre si on se moque de toi. »

Se moquer d'Émile ? Ah, ah ! ça se voit qu'elle ne connaît pas monsieur Ferber ? Personne ne se moque de monsieur Ferber. Il a une trop belle moustache et de trop belles chaussures.

*« Allez, dépèche-toi, mon chéri, Julie ta chérie
t'attend sur le trottoir pour aller à l'école. »*

Julie ? Quelle Julie ?
Émile va à l'école avec madame Ferber
et personne d'autre.